註東坡先生詩

卷十六

吴興施氏

吴郡顧氏

詩五十八首起在翰林盡出守錢塘

次韻王晉卿惠花栽栽所寓張退

□中

人柳子厚石門長老詩坐来念念非昔人萬遍蓮

塵韓退之詩下視寓九州一塵塵集毫端

若問此花誰是主天

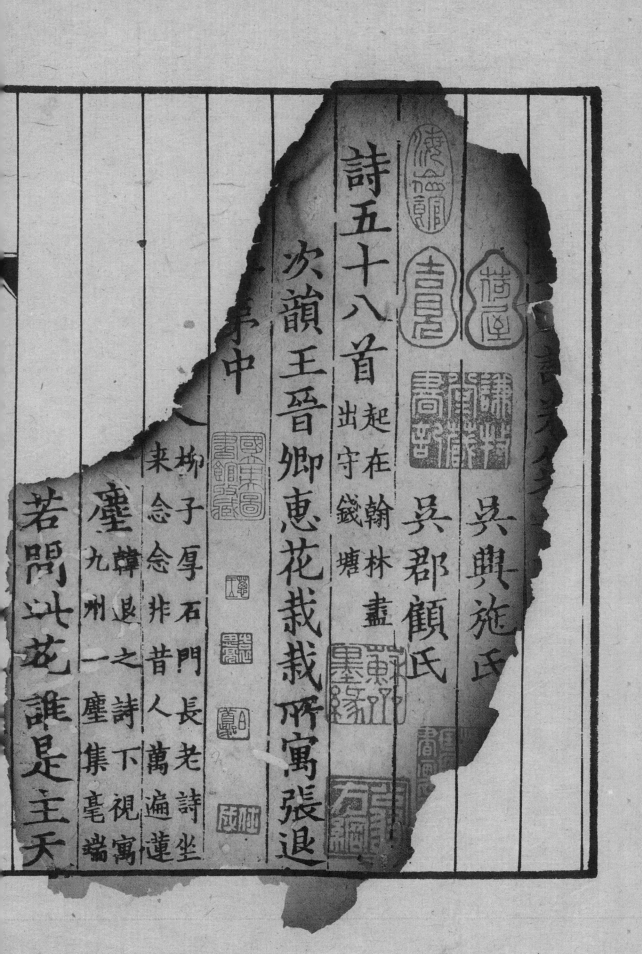

天天津酬吟詩三川
主風景屬閒人杜牧

晉卿上元侍燕端門

闕楚辭宋玉九辯君之門兮九重星河繞露臺

文帝紀嘗欲作露臺君方枕中夢異聞集枕中記呂翁以枕授盧生夢入竅中貴顯婚官五十年我亦化人來列子周穆王篇西極之國

有化人来居亡幾何謁王同遊王執化人之袪騰而上者中天而止光

故事上元御樓燈自是樓而絶則聽民縱觀香

樓一長嘯晉劉琨傳在晉陽為胡騎所圍城中窘琨乃乘月登樓清嘯白樂天垂釣詩臨水一長嘯忽思十年初一使君安在哉阮嗣宗詠懷詩駕言發魏都南向望吹臺簫管有遺音梁王安在哉

次韻黃魯直見贈古風二首黃魯[illegible]名庭堅分寧人李公擇之[illegible][illegible]莘老之壻也舉進士[illegible]國子監東坡[illegible]人無此作魯[illegible]貢公荅之

之游　少　微
字　來當塗至九
日而　婦援之有小嫌
援之　音陳舉上所作
塔記　為幸哭陰名羈管宜
州三　洪永未聞命而卒年
六十　魯直學問文章天成
性得法詩尤高善書法自成
一家東坡所以推揚汲引如
恐不及與張文潛秦少游晁
無咎俱出其門天下號元祐
四學士而魯直之名幾配東
坡故稱蘇黃初游灊皖山谷

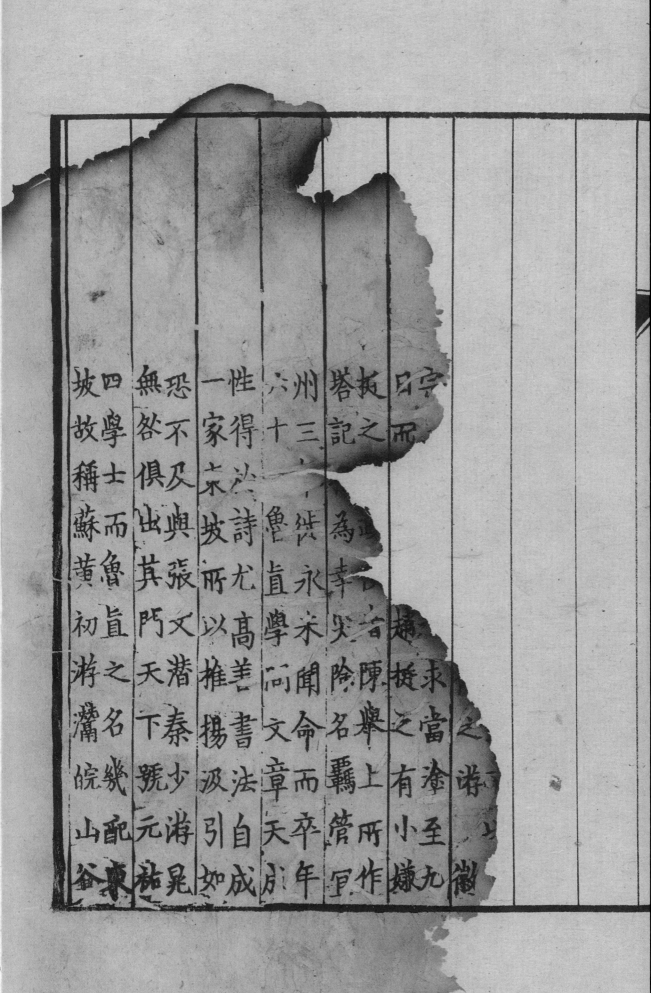

王峯洞中超為上仙襄漢同舟即其姊
漢外戚傳孝武李夫人兄延年曰北方
有佳人絕世而獨立一顧傾人城再顧傾
國東坡云公擇有婢名雲英屢欲出不
是[illegible]戶叀[illegible]
郡[illegible]字李[illegible]能彭城人
[illegible]迈為冠氏令河
[illegible]急夫彦能
[illegible]遂塞
拱[illegible]静

出項羽
知過
人謂之英
百
之做
所有餘哀
文選王
仲宣七
飢
哀
歎
隆準飛上天
漢高祖紀沛豐邑
中陽里人也隆準
龍顏盧令詩臣
身無由飛上天
重瞳亦成灰
史記項
羽紀舜
蓋重瞳子項羽亦重瞳子豈其苗
裔耶羽敗垓下徐廣曰在沛之洨
白門
呂布
後漢呂布傳自號徐州牧曹操攻
之布登白門樓兵圍之急乃下降

道元水經注泲南門謂之白門　大星隕臨淮　唐李光弼傳封臨淮郡王

復歸徐州遇疾薨晉陽秋有星赤而芒角投于諸葛亮營俄而亮卒杜子美武衛將

軍挽詞嚴警當寒夜前軍落大星　[illegible]想劉德輿置酒此徘

南史宋本紀高[illegible]武皇帝字德輿姓劉氏文選有謝宣[illegible]宋公戲馬臺詩史

[illegible]傳置酒於[illegible]長[illegible]詩[illegible]　爾來苦寂寞

[illegible]十有一[illegible]子無人　慶

[illegible]

陞坊

選謝靈運南
侯遲客詩登臨

思臨江遲客年從漢呂布謂劉備曰卿為上客我為降虜新

言出瓊瑰文選嵇奕琴賦臨清流賦新詩左傳而為瓊瑰劉禹錫詩

每逢詞客餽瓊瑰樓成君已去人事固多乖陶淵明荅

龐參軍詩序人事好乖便當語離他年君倦游漢司馬相如傳長卿

故佬化存白首賦歸来晉陶潛傳為彭澤令解印去縣賦歸去来登

約見正料財物客至併當不盡餘傾身障之意未能平或有諍乎三

收因自歎曰未知一生緉屐於是勝負始分定心肯為

文選謝靈運還舊詩微物頹采甄此墨足支三十

貴志蹇食足以支五歲蔡君謨墨錄[illegible]嘗得李超墨一挺與弟錯共

但恐風霜侵髮齒非人磨墨墨磨

罄罍先恥毛詩缾之罄矣維罍之恥漸將[illegible]

[illegible]詩[illegible]辭

蛺書[illegible]白占書點[illegible]漆昫[illegible]詔[illegible]此一

[十]萬竈燒松何處使史記孫子傳[illegible]為[illegible]十萬竈[illegible]

寧芓丁中擣龍麝温庭筠達摩支曲擣麝成塵香不滅

歐陽通務其書必以松煙為墨末

唐永寧里王涯第也傳云家書多

[illegible]前世名書畫嘗以厚貨鉤致而

[illegible]妾又盧氏雜說云永寧後為王

門但云多並而貨財或云李駙馬第

大家有墨其上有永寧賜第四字

列屋閒居清且美韓退之送李愿序粉白黛[illegible]

屋

倒暈連眉秀嶺浮東齋記事蜀有大慈寺壁

按樂十眉圖倒暈眉名列仙傳陽連連眉西京雜記文君眉常如遠

山鬢香雲委杜牧之閨情詩娟娟却月眉新鬢學鴉飛

髮如雲白樂葉紛雲委時聞五斛賜蛾綠顏師

煙花記隋煬帝鳳舸殿脚女吳降長蛾眉帝悅之由是爭為長蛾司

供蛾綠螺螺子黛不惜千金求獺髓酉陽雜俎

音娛傷……此

……柴寧八瘴霧……開杏

肖樽奉佳人合杜子美漢中王詩稽昔奉清尊文選陸士衡

覲□王谷客行何以贈毛詩何以贈一之瓊瑤玉佩一

史記孔子世家適周見老子辭去老子送之曰富貴者送人以

者送人以言吾不能富貴竊仁人□以言曰云云禮記束帛加璧為

何成公二年韓厥執再拜奉觴加璧以進祝君如此果

自澤驅攘三彭仇宣室志贈奭虛游稚川遇仙人

絕三彭之仇乎彭者三尸之姓學
先絕三尸本草權實去三蟲行營

心腹疾左傳哀公六年楚昭王曰除腹心之疾而寘諸股肱
記范睢傳秦之有韓如蟲人之有心腹之病也願君如此

傲霜雪文選古詩凜凜歲云暮斷為君倚几

容刺晉王羲之傳宮諸門生家見棐几滑淨因書之物微

杜子美詩幽微意不淺感動一尻今晉庾亮傳老子於此處興復不

擲

子詩摽手暮何之節氣[illegible][illegible]直[illegible]范方

時舊清德仍復長久知晉胡威傳武帝嘗問父清對曰臣父清恐人知臣不知是臣不及遠也父質

[illegible]件范田

[illegible]渼陂岑唐元澄秦京雜記渼陂以魚美得名杜子美詩[illegible]皆好奇來游渼陂

千里詩盟忽重尋左傳哀公吳子使尋盟

大木百圍生遠籟莊子齊物論大

圍之竅穴泠風則小和飄風則大和
厲風則衆竅為虛地籟則衆竅是已

歎有遺音史記樂記清廟之瑟朱
絃而疏越一倡而三歎

清風卷地收殘暑韓退之雙鳥詩
春風卷地起百

月流天掃積陰文選謝希逸月賦
白露曖空素月流

何人賡絕唱沈約宋書謝靈運傳
論曰二子艷發文以

唱高
詞響

滿堦梧葉候蟲吟柳子厚詩
碧空殘月

[illegible]緣[illegible][illegible]容溴垣[illegible]淵源[illegible]譚蕃[illegible]舒傳[illegible]有曰考

淵[illegible]所[illegible][illegible]漾夏奇嶮或雖句後來邈無

瑣言貫休見蜀待詔曰[illegible]重徜[illegible]前謂前無來人後無繼者嗣

[illegible]用易顏氏之子其殆庶幾乎後[illegible]漢黃憲傳論曰若及門於孔氏

為尚流落杜子美五盤詩流落隨丘墟用舍眞

語用之則舍之則藏當時苟悅可法華經言辭柔軟悅

毋勿笑杕杜舊唐書李林甫傳林甫典選選人嚴迥判語用

二字林甫不識杕字謂韋陟杕杜何也陟俛首不敢言斷惚詩

朝野僉載唐崔湜為中書舍人時促令草制而吏持門鑰他適無舊本可

[illegible]惚取之惚舍人袖手良優裕韓退之祭柳子厚文巧匠

手袖間又石鼎聯句序明袖手諫有高吟云云山城孱吾

煩[illegible]讙文選嵇叔夜與山巨源絕交書仲尼不假蓋於子夏

年殘陳詩禮記命大師陳詩以觀民風無人聊

子[illegible]生[illegible]以乞序[illegible]自注者[illegible]金注者贈所[illegible]內[illegible]

樂無孝國子無風大
六成志樂也大護湯樂也

口范淳甫東坡云來詩有張謀射李臨淮之句

范淳甫名祖禹成都華陽人幼孤鞠於叔祖忠文公景仁中進士甲科從司馬温公脩通鑑在洛十五年書成温公薦為正字元祐初擢右正言改著作佐郎脩神宗實録由著作郎兼侍講遷起居郎又召試中書舍人自除拾遺及螭掖皆以婦父呂正獻公秉政辭不拜正獻薨乃擢右

諫議大夫遷給事中禮部侍
郎入翰林為學士其論議皆
關天下大體宣仁升遐
哲宗親政忠讜日聞皆人所
難言紹述事興言不見聽請
外以龍圖閣學士知陝州言
者論脩實錄詆誣及嘗論禁
中雇乳媪事連貶永賀賓化
丙辛年五十六淳用在講筵
言簡而當無長語義理明
白東坡稱為講官第一坡與
范氏同為蜀人而忠文敬愛
其兄子甚至故與淳[illegible]意好
尤長元祐間在[illegible]絡志同道

畏人不食言早夜給事迹編
苦樂相見已以見長也跋
於天下未嘗誌墓獨銘五人
皆世全德特於洋甫慨然不
俟其請而心許之其意可見
世既北還洋甫亦許歸葬期
諸子道中一見竟不相遇繼
亦捐館此意不醻為可恨也
建炎間追復舊職子沖字元
長高宗擢為翰林侍讀學
士嘗事孝宗初
潜能於其家云

下邑生劉季 漢高祖紀姓劉字季誰
沛豐邑中陽里人也

區張與亭唐張建封貞元四年拜徐泗節度使檢校尚書右僕充衞封臨淮郡王後遇疾薨並見本傳重瞳遺迹已塵項羽傳舜重瞳項羽亦羽敗垓下在沛之波惟有黃樓東坡云郡有聽事俗謂之霸王聽相傳不可坐僕折之以蓋黃樓九門泗水今呼為清河水經云泗又泗水亭漢高祖嘗為亭長而

寒俠氣不洗儒生酸荀悅紀論曰世上一曰游俠立氣勢作威世於一者謂之游俠漢游

次韻[illegible]問

詩心得古宣心寫妙書不如文選王正

詩鉞宣我心劉禹錫酬樂俾千里意書札不如詩眼前百

月知君一以詩驅除錢希白滑稽集有小不快

以文漢王莽之驅除云尔傳聞都下十日雨莊子

篇子輿與子桑友而淋雨十日子桑殆病矣裹飯而往食之青

馬街生魚杜子美詩飯煮青泥坊底芹舊雨來人

来杜子美秋述杜子卧病長安旅次多雨生魚青苔及榻常時車馬之
兩来来悠然獨酌臥清虛定國以清虛名堂唐馬周
豐逆旅主人不之顧命八升悠然獨酌衆異之我雖作郡
韓退之會李正封聯句古云從軍樂山川信美非吾
王粲登樓賦雖信美而非吾土杜工盤詩成都萬事好豈若歸吾廬
歲晉一九念此衰涕齣呵噓
美堂　夔州　集

後再聚[illegible]

呂子亡中散大夫呂守濡以詩判公嘗和之首云神仙出没蕊宮眞帝遣萬鬼驅六丁嘗為翁紫芝誦之紫芝請書於紙背公曰此戲耳不可以訓故不傳于開之孫亭皐進士七為司農少卿摠領四川錢糧而卒

洵子高與仙人周瑤英游芙蓉城

元年三月余始識子高問之信然乃

詩擬其情而歸之正亦變風止乎禮

意也

城中花冥冥詞微之王迥子高芙蓉城傳初遇一女自言周

夕夢同至一宮殿如人間王者之周来問之芙蓉城也杜子美詩樹

詎其主之者石與丁歐陽文忠公詩話石曼卿卒後

有見之者言我今為仙也所主芙所正括無志慶曆中有朝士冒晨

道衢元美婦三人餘人並馬而者無見丁觀文度按轡継之而

人最行月潤曰觀文將游何落館主時已在

[illegible]節引[illegible][illegible]

長眉[illegible]長恨歌中有一人[illegible]韓[illegible]之華山女詩

[illegible]著冠[illegible][illegible][illegible]挿長眉有烱如微雲譫躡星[illegible]孟浩然詩

河漢梧桐往来三世空鍊形真誥魏夫人云死經

過三宮肉脫脉散血沈灰爛而五骨如玉七魄營侍三魂守宅或三

復質神形勝如昔容此名鍊形唐笏步虛詞稟化凝正氣鍊形為真

上誤讀黃庭經集仙錄謝自然日誦黃庭經十遍誦時有

侍立每十遍即將向上界夫東華夫誦經先讀外篇大都精思誦讀者雙

行天門夜開飛爽靈 盧仝沈山人詩
罪[illegible]一入門九重高崔
下祭醮夜半開閉太微靈書人有
曰爽靈二曰台光三曰幽精 無復
雲軿 南史鄧先生傳白日神仙魏
夫人忽來臨降曰君有仙分
來裴硎封陟傳
去隱之遺芳 俗緣千劫磨不盡
傳周語王曰我於人間嗜欲未盡
吏當侍巾幘是以奉尋非一朝一
[illegible]盧子[illegible]逸史許[illegible]暴卒三日寤
二瞻[illegible]臺路無清生[illegible]唯見詩
下[illegible]
心未[illegible]日[illegible]被[illegible] 洛凄餘馨 芙蓉

姑之南

母人太平聞王蕭弭節聽韓退

然詩如笙子韻來自真冥君感九夕弭節兮北渚飄然

使令皎如明月入牕櫺文選江淹雜擬悼婦

入綺幔彷彿想蕙質宋玉神少進也皎如明月舒其光忽然

可執寒衾虛幌風泠泠芙蓉城傳王初見周

近之懼不敢寢更深困甚視牕戶掩少解衣即聞羅幃間有喘息聲乃適

已脫衣而臥自是朝去夕至凡百餘忽去不來者數日文選江文通王徵

鍊藥矚虛幌漢班倢伃傳賦曰
陞兮幃幄暗房櫳虛兮風泠泠仙宮

[illegible]不扃楚辭宋玉招魂娉容脩態絚洞房些夢中同躡

芙蓉城傳一夕夢周曰我居幽僻君能一往否喜而從之但覺其身

周同舉須史至殿廷二樓相視而有一門半開杜子美薛刋官詩自

[illegible]撰徑度萬里如奔霆漢李陵詩徑萬里兮

[illegible]真亭東方朔十洲記崑崙山有墉城上有

二文[illegible]詩[illegible]雲篆誰所

詩[illegible]

伶[illegible]痛[illegible]但唐韻詩[illegible]仙風鏘然

[illegible]人緣以[illegible]思流金八衝唐文粹吳筠步虛詞谿谷制六天流鈴

遷形開如醉醒莊子齊物論莽周夢為蝴蝶栩栩然

然覺則蘧蘧然同子其覺也形開芳卿寄謝空丁

城傳周失曰芳卿之意甚動也王曰芳卿何姓曰與我同君感其事

[illegible]漢趙廣漢傳界上亭長寄後漢郎顗傳丁寧再三一朝覆

返餅類林太公初娶馬氏讀書不事產馬氏求去後太公封齊馬求

太公取水一盆傾於地令婦收水唯
近公以詩語之曰若能離更合覆水
後漢何進傳覆水不收悔將何及
妾薄命行雨露不上天水覆難重
別淚空熒熒芙蓉城傳周臨別留詩云久事昇幃不暫
離意尚闌珊臨行惟有相思淚滴
一半斑元微之鶯鶯傳云熒熒然
春風花開秋葉零芙蓉城傳虞曹公狀其事以奏
秋月悽[illegible]悲泣而去白樂天長恨
[illegible]風桃李[illegible]開又秋雨梧桐葉落時
綺紛[illegible]流[illegible][illegible]滄溟太上內觀

二庑[illegible]穀生

傳ナ[illegible]無[illegible]苗不害嘉穀隱八[illegible]稍[illegible]食苗心者

征渠一人三千歲陳[illegible]白樂天長恨歌傳方士至

妃院致上皇意玉妃因自悲曰由人不得居此復墮下界且結後緣

間尹與邢史記外戚世家漢武帝尹夫人邢夫人同時並

尹璞

和鮮于子駿鄆州新堂月夜二首

鮮于子駿名侁事見第六卷正月九日作雜興荅子駿古

意題
註

府新堂春風雪消後池中半篙水池

[illegible]柳佳人如桃李 文選曹子建詩南國有佳人容華若

入衫袖山川今何許 文選謝玄暉登三山詩佳

野界一作已分宿 楚辭屈原九章如列宿之錯置釋文

月不可[illegible]馳若船放流 唐皇甫冉出沅江詩

江口[illegible]阮嗣宗詠
括[illegible]詩繁華有憔

匡[illegible]

華池人 一室中隱几人 莊子

問郭子而坐 與水月涼 太白贈仲濬詩觀心同水

已無迹露草時有光起觀河漢流

長廊 杜子美遣田父泥飲詩步屧隨春風村村自花柳蘇州啚

廊以榧梓板藉其行則有聲因名之 名都信繁會 文選

樂府名都多妖五音紛兮繁會 千指調絲簧 漢貨殖傳

都童手指千指千則人百 先生病不飲童子為

獨作五字詩清絕如韋郎 白樂天與元微之書

[illegible]州五言尤高閑雅淡自成一家[illegible]天詩浩歌淥水曲清絕聽者愁 詩成

[illegible]皎皎兩相望 手詩月出皎兮

送將官梁左藏赴莫州

[illegible]趙北際其間不合大如礪至今父

孫烝土為城鐵作門 晉載記赫連勃勃起都城

[illegible]之錐入一寸即殺[illegible]防并築之 水經注[illegible]州[illegible]萬[illegible]烝土加功雉

[illegible]

者以守[illegible]可[illegible]以爲[illegible]易地嘗
鎮爲威將營壘樓[illegible]慮有非常乃
以鐵爲門斥去左右[illegible]七歲以
入易門專侍姬妾其文簿書記皆
之令婦人習爲大聲使聞數百步
教令謀臣猛將稍有乖散自此之
攻戰或問其故瓚曰我昔驅畔胡
掃黃巾於孟津當時謂天下指麾
於今日兵革方始觀此非我所決
兵力耕以救凶年積穀三百萬斛
天下之變建安三年袁紹攻瓚瓚
續書曰袁氏之攻狀如鬼神梯衝舞
上鼓角鳴於地中及戰敗乃悉縊其
妻子然火自焚

豈如千騎平時来

古樂府羅敷行東方

騎夫工頭笑譚謦欬生風雷葛巾羽扇紅

語林諸葛武侯白葛持羽扇指麾三軍投壺雅歌清讌

祭遵傳取士必用儒酒設樂必投壺雅歌東方健兒虓

志呂布傳謂曹性曰卿健兒也世桓車騎過江時公私儉薄自使健

劫鈔杜子美哀王孫詩朔方健毛詩進厥虎臣闞如虓虎泣

廉耻將杜子美遺興詩安得廉耻將三軍同晏眠彭城

淒然不見君家壐

王子韶雞路集唐韓

先生詩卷第十四

罔象土之怪曰羵羊野竹爲哀聲幽桂飄寃芬韓退
之詩豈念幽桂遺榛菅悲同秋照蟹白樂天別東林詩春雨星攢尋
螢火注云餘杭風俗寒食兩後家家持燭尋蟹快若夏燎蚊歐陽文忠
公憎蚊詩燻蕕苦埃燎壁疲照燭火牛入燕壘史記田單傳灌脂束
於牛尾燒其端夜縱之牛怒而奔燕軍所觸盡死遂象奔吳軍
定公四年楚鍼尹固與昭王使執燧象以奔吳師崩騰井陘
賈文選靈運詩崩騰永嘉末崩騰相排毀
年韓信傳兵亂遂

……天……清……
……石……一毫……色……
……事……照映驪山……宮為華清宮韓退煥發玄宗鄰……
……唯能……紅囊……一隨長風卷宋玉高唐賦長風至而波浪湧忽
絕澗分我本山中人白樂天遊悟真寺詩我本山中人語
……時……習見匪獨聞偶從二三子論語吾無行而不與
二三子者是丘也来訪張隱君君家亦何有物象
多朝曛文選沈休文鍾山詩山中咸可悅賞逐四時移把酒看飛
[illegible]空庭落繽紛楚辭屈原離騷佩繽紛其繁飾行觀農事

延畦壟如纈紋細雨發春顛嚴霜倒秋蕡

始知一炬力杜牧阿房宮賦楚人一炬洗盡狐兔羣

和田國博喜雪

疇昔月如晝禮記檀弓余疇昔之夜文選鮑明遠詩念我疇昔時曉

不雲晴天玉花飛半夜翠浪舞明年雪盛則來麥入柳子厚麥天搖波螟螣無遺種毛詩去其螟螣及其蟊賊

毛詩嗟民流亡一音食旨平後制男子

等采坡云有那

踏偏□由□兩地江山踏得 樂天詠懷詩
別隨白□去暮與栖鵶還飜如得木旅
□步誰能攀一為符竹累 漢文帝紀初與郡守為銅魚符
舟□使坐老敲榜閒 韓退之赴江陵詩何況親犴獄敲榜發姦偷
此行亦何事聊散腰脚頑浩蕩城西南亂
山如玦環 韓退之詩青玉刻佩聯玦環 山下野人家桑
□雜榛菅 韓退之詩豈念幽桂遺榛菅 歲晏風日暖 楚辭

金原九歌戕既晏弓熟華予人牛相對閑果州清居和尚述牧牛圖第十章露地白牛安眠牧者禪寂第十一章牛亡而鞭籤尚在第十二章人牛俱亡

薄雪不蓋土麥苗稀可刪願君發長句嘲詼破天慳

次韻舒堯文祈雪霧豬泉

[illegible]尖虵醫寸腹銜水吐雹何時足酉陽雜俎

見[illegible]日欲雨[illegible]易頁求石蘸[illegible]二蜴醫水浮

[illegible]席[illegible]選丁文[illegible]孽之

龍興
…口無刀…兵項三
歃用…犢…置壇上承之盛…以壇南取之薦之次
忱血盤…有無他物以為雨澤遲速之看訖取…洗血并鵞於壇前攪坎瘞之
[illegible]德皇祐年中詔鏤板以下諸道今所在皆有豈知泉下有豬龍
卧枕雷車踏陰軸北夢瑣言邛州有湫有牝豕出入號豬龍湫唐
天寶中旱守宰祈之至誠有雨又元和末蜀州山寺夜半門外喧然人於牕中窺見
數人運斤造雷車博物志地下曰柱三十六萬軸犬牙搰牽前年太守
為旱請雨點隨人如撒菽東坡云傅欽之晉禱此泉得雨

太守歸國龍歸泉至今人詠淇園綠毛詩淇奧美武公之德也瞻彼淇奧綠竹猗猗我今又復羅此旱凜凜

疲民在溝瀆却尋舊迹叩神泉坐客仍攜

王子淵東坡云欽之時客惟舒在焉看草中和樂職頌漢王褒傳字子淵益州刺史王襄聞褒有俊才

刷聲妙語慰華顛

作中和樂職宣布詩選好事者依鹿鳴聲習而歌之史記宋書衛靈公曰今者

[illegible]竹[illegible]聽奏之序齊宣王曰士亦華[illegible]夜何[illegible]後出[illegible]寧包胥[illegible]

笑[illegible]大風急

國[illegible]

……年……一……

……所……行看……

國策晉……一朝有日大匕……雲至於牛斗誰與

……工撇百……此時還復借君詩餘力汰輿

貫笠左傳宣公四年伯棼射王汰輈以貫笠轂揮毫落紙如

言疲杜子美飲中八仙歌張旭三盃草聖傳揮毫落紙如雲煙驚龍再

起震失匙三國志蜀先主傳方食失匕箸華陽國志云于時正當雷震備因謂曹操曰一震之威乃可至於此也

石炭并引

彭城舊無石炭元豐元年十二月始遣人
訪獲於州之西南白土鎮之北冶鐵作兵
犀利勝常云

君不見前年雨雪行人斷城中居民風裂
□濕薪半束抱衾裯毛詩不流束薪又抱衾與裯日莫敲
門無處換韓退之寄皇甫湜詩敲門驚晝睡杜子美詩城中斗米換
豈料□中有遺寶磊落如䃜萬
人知陣
散

宮

說良胡未

劉偉晥悍余星精悍夫辝宋一小老也上日

出流金鑠石漢嚴年傳短小精悍南山栗林漸可息夬

頑鑛何勞鍛為君鑄作百錬刀晉載記赫連勃

剎造百錬剛刀為龍雀大鐶要斬長鯨為萬段李太白王節士

歌安得倚天劍跨海斬長鯨唐段秀實傳罵朱泚云狂賊可斬萬段

人日獵城南會者十人以身輕一

鳥過槍急萬人呼為韻得鳥字

京東第二將番勝隴西人以勇敢應募得官武力絶人驍射敏妙按閱於徐徐人欲觀其能公為小獵城西是日小雨甫晴土潤風和觀者數千人公作獵會詩序

[illegible]童笑使君憂慍長悄悄 毛詩憂心悄悄慍于羣小 誰

白接䍦 晉山簡傳曰童歌之曰時時能騎馬倒著白接䍦 令跨

騕褭 杜子美惱郝使君詩細馬時鳴金騕褭 東風吹濕[illegible]

[illegible]暄退之秋懷詩勿並入西鳴[illegible]

弓一[illegible]

著

句六敲為作

民□□勢不覺句尹韓進即為之于擁至具乙甘事必

笑曰作詩于佳乃與嚳哦詩以之而去不語頭自掉因話錄

源年老頭數掉人言吟詩多致得白來詩閑倚小橋立掉頭時一吟張祜詩達

人說劔三攘臂對覓吟詩一掉頭歸來仍脫粟漢公孫弘傳為布被

脫粟之飯鹽豉煮芹蓼何似雷將軍兩䏶霜髑

皎黑頭巳為將晉諸葛恢傳王導嘗謂曰明府當為黑頭公百

戰意未了杜子美望岳詩齊魯青未了馬上倒銀瓶手

美詩馬上誰家白面郎臨堦下馬坐人床不知姓字麤豪甚指點銀缾索酒嘗得

兎不暇燎少年負奇志呉書鄭泉專學有奇志蹭蹬

百憂繞杜子美贈韋左丞詩青冥却垂翅蹭蹬無縱鱗又詩悲見生涯百憂集

回首英雄人世說魏武將見匈奴使[illegible]崔季珪代帝自捉刀立牀

[illegible]匈奴使曰床頭捉刀人乃英雄也杜美劍門詩至今英雄人高視見霸王[illegible]

[illegible]不少青春還一夢李太白詩處世[illegible]人夢胡為勞其[illegible]

千[illegible]馬[illegible]張[illegible]日[illegible]鷗[illegible]詩[illegible]生[illegible]海[illegible]如[illegible]如[illegible]子美貽[illegible]

[illegible]衣

注水註

于匈奴……公
……駒……驍于宮出……八出泉顧
日四中……陵定……宮社子美……兩
書還似急
史未全僖
短刀穿虜陣濺血貂裘濺
傳血濺御服戰國策
兮遺蘇秦黑貂之裘
一來輦轂下
漢尊……
賦數百人在輦下剌師
古曰在天子輦轂之下
愁悶惟欲臥
……文司
長卿長門賦
……閟悲思
今朝從公獵稍覺天宇大
參禹
錫登天壇詩俯觀羣
動靜始覺天宇大
一雙鐵絲箭
李子美
期王將
軍不至詩噫亦臂下鐵
綠箭射殺於中毒色鹿
未發手先唾
後漢
公孫

犢傳注云治天下兵起我謂璽掌可決射殺雪毛狐晉閒餘

一箇杜子美夜歸詩峽口驚猿聞一箇

、臺頭寺步月得人字

風吹河漢掃微雲孟浩然詩微雲澹河漢疎雨滴梧桐步[illegible]

庭月趂人杜子美遭田父泥飲詩步[illegible]隨春風又青陽峽詩突兀[illegible]人李太白把酒問月月行却與人相隨

浥浥爐香初泛

甖江文通別賦[illegible]夕[illegible]離鸞[illegible][illegible]春毛詩黍[illegible]

[illegible]京[illegible]史記

毛

暗

詩寄齋諭

則如昨一汝無髮岑然少朴春詩竹有吾人洛陽

容華髮映生軒晉謝奕傳岸幘笑詠

傳簡文作相召為從事著白綸巾鶴

談宴

日

臺頭寺送宋希元

相從傾蓋只今年孔子家語孔子之郯遭程子於途傾蓋而語終

日甚悅隋煬帝幸江都留別宮人詩不須生悵望相見只今年送別南

便黯然文選江文通別賦黯然銷魂者唯別而已入夜更歌金

縷曲　古樂府勸君莫惜金縷衣勸君須惜少年時花開堪折便須折莫待無花空折枝杜牧之秋娘詩秋持玉斝醉與唱金縷衣注云李錡常唱此詞　他時

莫忘角弓篇　東坡云是日與宋君同載松寺中左傳昭公二年晉侯使韓宣子來聘享之韓子賦角弓既享宴季氏有嘉樹焉韓宣子譽之武子曰宿封殖此樹無忘角弓　三年不顧東鄰女　文選宋玉好色賦佳人莫若楚國楚國之麗莫若臣里之美莫若臣東家之子此女登牆闚臣三年至今未許也　二浸方求魚郵

野孤 豈此過中有鮮笥

可識身二尺六阿堪亡詩徒勞望斗無計餘泉

種松得徐字其四在懷古堂其六在不經院

風吹榆林亂莢飛作堆樂天詩榆莢拋錢柳眼送

荒園一雨過戢戢千萬栽韓退之贈崔立之詩戢戢已多如束箸

青松種不生百株望一枚一枚已有

餘氣壓千畝槐野人易斗粟云自魯徂徠

毛詩徂來之松新甫之栢是斷是度是尋是尺魯人不知貴萬竈

飛青煤法書苑歐陽通務其書必以松煙為墨末以眞麝束縛同

一車新序鮑叔曰使管仲無忘其束縛而從魯也胡為乎來哉

李太白蜀道難嗟爾遠道之人胡為乎来哉泫然解其縛禮記孔子

泫然流涕杜子美縛雞行吾叱奴人解其縛雞清泉洗浮埃枝[illegible]

尚困生意未肯回山僧去無子養護如

孩坐待走龍蛇清陰滿南臺白樂天草堂記夾[illegible]

[illegible]松如地[illegible]孤松[illegible]裂山石直上風雪杜子美雙

坡云六百蒔去[illegible]

餘哀文選士衡詩悵有餘哀傳

叙陳述作

作書寄王晋卿忽憶前年寒食同

城之游走筆為此詩

王晋卿名詵太原人徙開封自少志趣不群能詩善畫名選尚魏國賢惠公主母宣仁高后與神宗為同產主性賢厚不妬忌好讀古文章喜筆扎晋卿慕東坡與與相游從為晋卿作寳繪堂記多蓄法書名畫及自製丹青每為

題詠坡以詩對御史謫黃州晉卿自絳州團練使坐追兩秩停廢賢志病神宗復其官以慰主意未幾薨遂復官安置均州元豐七年春徙潁哲宗即位許居京師元祐初自登州刺史復文州團練使駙馬都尉與東坡不相聞者七年相見感歎作詩相屬坡和篇真蹟在[illegible]川黃揆子貢家刻于贊[illegible]倅睢[illegible]徽宗[illegible]端王相與情好最厚既即位[illegible]州防禦使[illegible]豐定[illegible]觀察[illegible]果使[illegible]八[illegible]一十倡壽[illegible]題詠

[illegible]隱士
[illegible]可以久留

驚言出溝[illegible]選謝[illegible]壁精詩清暉能[illegible]游子澹[illegible]歸門前驄

紫金鞿杜[illegible]陪王侍御東山詩[illegible]暇[illegible]陪驄馬游吹笙[illegible]

煙霏霏李賀[illegible]宮詞帳底吹笙香霧濃行人舉頭誰敢

聊唐韻睎望也盼也扣門狂客君不麾孟子扣[illegible]之門户[illegible]

賀知章傳號四明狂客楊[illegible]倚門墻則麾之更遣傾城出翠帷

柳子厚渾鴻臚宅聞歌詩翠帷雙卷出傾城書生老眼省見稀

杜子美秋雨歎堂上書生空白頭又詩[illegible]天無老眼韓退之山石篇以火來照所見

稀

畫圖但覺周昉肥杜子美詩畫圖省識春風面張彥遠名畫

記唐周昉字景玄官至宣州長史多在渾

郭功臣家畫圖頗極風姿朱景玄唐代畫

斷周昉畫子女為古今之冠別来春物已再菲文選謝玄暉詩

春物方藹西望不見紅日圍晉天文志桓君山言日徑千里

圍三里何時東山歌采薇白樂天出山吟[illegible]詠游仙詩暮

采曲把盞一聽金縷衣杜牧之秋娘詩勸持玉斝醉與留金

言習鑿[illegible]隨於符堅

聞其名與[illegible]息安[illegible]至以共有交並諸[illegible]書一[illegible]晉[illegible]和在二陸今

漢前獲士[illegible]一人半[illegible]耳高鍇傳符堅謂射權翼曰朕[illegible]棄[illegible]得一人半安公

人鑿齒半人也晉地理志魏盡得荊州之地分南郡以北立襄陽郡中郎

差不遇但喜識元歎江表傳蔡伯喈貴異顧雍謂曰卿必成名

今以吾名與卿故名雍吳錄顧雍爲蔡邕所欽故字元歎蔡邕傳初平元年拜左中

郎將我今獨何幸文字厭奇玩史記呂不韋傳買奇物玩

好自奉又得天下才孟子得天下英才而教育之三樂也相從

百憂散隂求我輩人晉石苞傳許允謂苞曰卿是我輩人規

作林泉伴漢東方朔傳規以為苑寧當待垂老杜子美嚴

別駕相從歌一軀交態同悠悠垂老遇君未恨晚似君當向古人求倉卒收

一旦後漢齊武王傳倉卒擾攘之中韓退之別知賦惟知心而難得斯一旦而

不見梁伯鸞空對孟光案後漢梁鴻傳字伯鸞妻孟

規為饋食不敢覷舉案齊眉才難不其然婦女厠居

論語[illegible]子[illegible]難不[illegible]乎唐虞之際於斯為盛[illegible]婦人[illegible]武王曰予[illegible]

[illegible]部作者之民

□之武□□□異□□□夜光一巳
子夜光之□□異誤□男有珠别獲照
縣目照夜□□鑒故不□夜光
貫丈記樂書歌者纍纍乎殻如貫珠相思君欲瘦獻帝春秋
布問曹公明公何瘦荅曰所以瘦恨不相得故也杜子美寄岑參詩思君令人
瘦不往我眞儒吾儕眷微祿寒夜抱寸炭
何時定相過徑就我乎館孔子家語子夏問於孔子曰客
至無所舍夫子曰生於我乎館客死無所殯夫子曰死於我乎殯亦見禮記飄
然東南去江水清且暖相與訪名山後漢向長

情昏塚既畢敕斷家事勿相關於是肆意
游五嶽名山杜子美詩余亦時游名山裴勅
在遠
㙜

微言師忍粲 前漢藝文志仲尼沒而微言絕杜子美聽許十
誦詩詩余亦師粲可身猶縛禪寂傳燈錄
年三十祖僧粲三十二祖弘忍即中華三
五
也

雪齋

桑中游雪齋記其略曰雪齋
者杭州□惠院言師所居室
□□□□軒也□□言師開此軒以
爲軒□□□□以爲小山□
□□□□太之上以

躍時游者過

言不至無梅游爲恨焉師名然蕭灑人也

能作雪齋從蘇太史游則不問可知其人

不見峩眉山西雪千里楚辭宋玉招魂云曾冰峩峩飛

千里

北望成都如井底舊唐書杜悰傳吐蕃維州南界江陽岷山連嶺而西不知其極北望隴山積雪如玉東望成都若在井底虜號無憂城李德裕傳亦云新書吐蕃傳削去成都井底語

春風百日吹不消

五月行人如凍蟻紛紛市人爭奪中杜子美聞

丘師兄詩漢漢世界黑驅驅爭奪繁唯有摩尼珠可照濁水源誰信言公

以贊公杜子美贊上人詩贊公釋門老放逐還上國還為世塵嬰頗帶憔悴色人間熱惱無處洗故向西齋作雪峰華嚴

經諸大龍王莫不動力興雲雨令諸衆生熱惱消滅我夢扁舟適

越長廊靜院燈如月開門不見人與牛跋云言有詩見寄文廾下關君水牯子州清居和尚牧牛圖第十二章人牛俱

惟見[illegible]雪

[illegible]由古[illegible]詩及其

[illegible]江吳[illegible]高[illegible]紀[illegible]拔[illegible]鋤[illegible]太

地分道開[illegible]為[illegible]刀琅玕[illegible]刈子漻問篇品三征西戎西戎

[illegible]之[illegible]用之玉如切泥焉胡為空[illegible]前輩論語其猶窬之盜也與

之要領寒漢張騫傳竟不得月氏要領杜子美詩妖孽亂領敢欣喜

吉刀不汝問有媿在其肝念此力自藏包

之虎皮斑禮記倒載干戈包之以虎皮湛然如古井終

歲不復瀾白樂天古劒詩湛然玉匣中秋水澄不流贈元稹詩無波古井

水有節秋竹竿不憂無所用憂在用者難佩之非

其人匣中自長歎我者衆所易 漢陸賈傳絳侯與我戲易吾言顏師古曰謂輕易其言也

屢遺非意干 晉衛玠傳嘗謂人有不及可以情恕非意相干可以理遣故終身不見喜慍之容

惟有王玄堦庭秀芝蘭知子後必大故擇刀所使 王覽傳字玄通呂虔有佩刀工相之以必登三公可服此刀虔謂覽兄祥曰苟

其人刀或為害卿有公輔之量故以[illegible]佇臨薨以刀授覽曰汝後必興足以[illegible]

覽後六[illegible]多[illegible]才與於江左 謝玄傳[illegible]女曰子弟亦[illegible]人[illegible]之殊使其佳玄

[illegible]生於階庭耳左[illegible]萬之[illegible]必[illegible]

□可厚李詩百鍊□重

門□□□鍊□要須臾泣蟠□子□兵肆

詩銘□兵背家語周廟金人三緘其口而銘其背以待知之

游栢山會者十人以春水滿四澤夏雲多奇峯為韻得澤字

東郊欲尋春杜牧之歎花詩自是尋春去較遲未見鸎花迹杜子美惠義寺詩鸎花随世界白樂天贈裴淄州詩今作相遇鸎花月春

韓退之送張道士詩序寄迹老子法中莊子大宗師篇子桑戶孟子反子琴張三人相與友子貢反以告孔子曰彼何人者耶孔子曰彼游方之外者也偶隨白

雲出賣藥彭城市後漢韓康傳常采藥名山賣於長安市雪

相侵鬢髮塵土汚冠袂白樂天約心詩黑鬢霜雪侵青袍塵一

賴此三尺桐中有山水意琴操琴長三尺六寸六分

三百六十六日列子湯問篇伯牙善鍾子期善聽伯牙鼓琴志在高山子

期善[illegible]善峩峩兮若[illegible]志在流[illegible]

分故詠[illegible]三載作自[illegible]

年工

一三琴 曲一

哭四使君[illegible]慕古嗜好與哀……許

異逖親 共予拊雅宮 桓山因桓魋墓以名 一灑[illegible]

淚 九域志徐州有孟嘗君墓桓譚新論雍門周以琴見孟嘗君君曰先生鼓

亦能使文悲乎對曰竊為足下有所悲千秋萬歲後墳墓生荊棘游童牧豎躑躅

其足而歌其上曰孟嘗君之尊貴亦若是乎於是孟嘗君喟然歎息淚承睫而未下雍

門周引琴鼓之孟嘗君遂歔欷而就泣 歸來鎖塵匣獨對斷絃

喟 呂氏春秋鍾子期死伯牙破琴絕絃終身不復鼓琴論語夫子喟然歎 推

風在流水杜子美城上詩春動水茫茫鳧鴈先拍拍韓

之病鵰詩青泥揜兩翅拍拍不得離孤帆信溶漾弄此半篙

岩檥舟桓山下史記項籍紀烏江亭長檥舡待長嘯理輕

[illegible]晉阮籍傳長嘯而退白樂天阻風詩扁舟厭泊煙波上輕策閑尋浦嶼間彈

石室中幽響清磔磔弔彼泉下人野火

[illegible]腊白樂天古原草詩野火燒不盡悟此人間世莊子[illegible]

何[illegible]日爲其[illegible]漢王孫傳[illegible]歸[illegible]眞宅[illegible]

[illegible]文[illegible]我非[illegible]子淵肯

[illegible]

遇[illegible]侯[illegible]王氏[illegible]潘安[illegible]居

[illegible]人作[illegible]與歡旨不[illegible]一[illegible]年死旦不[illegible]

歲月閒征子表立秋後題白月不相饒節序明夜隔想像舒

游楚辭遠游章思舊故以想像作詩繼彭澤陶淵明游斜川

引云辛丑歲正月五日與二三隣曲同游斜川欣對不足共爾賦詩淵明嘗為彭

澤令

戴道士得四字代作

少小家江南白樂天朱陳村詩少小孤且貧寄跡方外士

名石壁間韓退之與[illegible]侍御詩挂名經端自託不腐寂寞千歲

事楚辭屈原遠游章野寂寞乎無人南史梁元帝詩寂寥千載後誰畏軒轅臺杜子美詩千秋萬歲寂寞身後事

次韻田國博部夫南京見寄二絶

[illegible]月翩翩下坂輪白樂天春游詩我今六十五走若下坂輪歸

子已生人深紅落盡東風惡杜牧之[illegible]

[illegible]盡深紅色[illegible]子[illegible]柳[illegible]榆錢不[illegible]由[illegible]

其勢……論秋

人怨 毛詩……亂周大夫行役 大夫不均我從事獨賢士王

我歿事一埤益我我入自外應羨兵

交徧讁我 周易卦名家人

馬少游 後漢馬援傳謂官屬曰吾從弟 少游常曰士生一世但取衣食

足乘下澤車御款段馬守墳墓鄉里稱 人斯可矣當吾在浪泊西里間虜未滅

之時臥念少游平 生時語何可得也

月夜與客飲杏花下

真蹟草書在武寧宰吳 節夫家今刻於黃州

杏花飛簾報集本作前石刻作報餘春明月入戶尋幽人文選沈休文詠月詩方暉竟戶入韓退之月詩幽坐看侵戶周易幽人貞

吉褰衣步月踏花影烱如流水涵青蘋花

間置酒清香發李白詩花間一壺酒獨酌無相親爭挽長

條落香雪杜子美漫興詩狂風挽斷最長條白樂天晚春詩百花落如雪

風薄酒不堪飲勸君且吸杯中月白天[illegible]

[illegible]詩雲隨[illegible]隨杯[illegible]簫聲斷月明中文[illegible]

千古[illegible]

覺鬢貫手□□□□□髮以承六□□□溫□私

尚往還漢楊雄傳時有好事者載肴從游學李太白詩不如之

斷巖不遮西望一眼韓退之西山詩為遮西望眼終是嬾

送君直過楚王山

雲龍山下試春衣□□□子美詩朝回□日典春衣放鶴亭

前送落暉東坡放鶴亭記云雲龍山人張天驥於故詩之東作亭山人有

二鶴旦則望西山之□以放焉暮則傃東山而歸故名曰放鶴亭一色□

花三十里新郎君去馬如飛撫言神龍以來新進士杏園宴後皆於慈恩塔下題名又薛監逢値新進士出前導曰迴避新郎君又沈萬得新榜封示羅隱隱詩曰犬如流電馬如飛

再次韻荅田國博部夫還二首

芣黃土沒車輪滿面風埃笑路人乾退之數

上詩無人識風霜已放役夫三萬指從教積

春

田國博見示石炭詩有鑄劍斬佞臣之句次韻荅之

山鐵炭皆奇物漢李尋傳政治感陰陽猶鐵炭之低卬見效可行者也史記呂不韋傳買奇物玩好自奉知君欲斫姦邪窟鑄鏤無眼不識人左傳哀公十一年吳王賜子胥屬鏤以死楚國何曾斬無極左傳昭公二十七年楚令尹子常殺費無極玉川

狂直古遺民論語古之狂也直史記吳世家季札曰猶有先王之遺民也

救月裁詩語最眞周禮夏官大僕救日月亦如之秋官庭氏救月之矢夜射之

千里妖蟇一寸鐵地上空愁蟣蝨

盧仝月蝕詩地上蟣蝨臣仝告許亭天皇臣心有鐵一寸可刳妖蟇癡腸

覽五

答郡守同僚賀雨

十年飢遍九土文選蜀覽之

歲

紆[illegible]田

[illegible]鵩不屈[illegible]兵今為左[illegible]官
子緯言及平流淨諸襄白眞長

嘗相比數鄉今日作
面向人恢宗眞長
此意難不許兵

妻已合
毛詩古渰萋萋興雨
祁祁注云弇雲興貌
微潤先流

淮南子山雲
烝而柱礎潤
蕭蕭止還還作
歐陽永叔雪
詩暮雪緌緌

巳
作
還坐聽及三鼓天明將吏集涯上滿韡

籆登城望麰麥
漢劉向傳
釐麰麥也
綠浪風掀舞
柳
子

厚詩麥芒際
天搖青波
愧我貧交生
毛詩雖有兄怯
弟不如友生左

篇關新詩君看大熟歲風雨占十五 京房易候

太平之世五日一風十日一雨 天地本無功祈禳何足數 後漢公孫述傳何足數也

渡河不入境豈若無蝗虎 從漢昆傳為弘農太守虎皆負子渡河卓茂為密令時天下大蝗河南二十餘縣皆其災獨不縣界

而況刑白鶖 事具景德皇祐詔書其詩見巻

韻舒堯文霧豬泉詩 下策君勿取 漢溝洫志河有上中下

匈奴傳漢甲下策晉周匈奴史攻匹下策

象一[illegible]封宗[illegible]上支等

在離聲在管絃留別詩古
文選魏文帝樂府苦哉行人去如多憂何爲泣茹珠林諸安眞去適
如寄耳終日戚來以暗言泣之戚寧獨爲此別別
及有悲惱緣愛結法華經大通智勝如來廣說十二因緣觸
受受緣愛愛緣取取緣有緣生生緣老死憂悲苦惱而我本無恩
此淨誰爲設紛紛等兒戲漢周亞夫傳霸上棘門特兒戲
耳鞭鐙遺割截開元天寶遺事姚崇牧荊州受代日吏民泣擁馬首
截鐙留鞭以爲遺愛道邊雙石人幾見太守發漢百官表

郡守秦官景帝中二年更名太守有知嘗解笑撫掌冠纓

絕晉陸雲傳張華撫掌大笑史記滑稽傳淳于髡仰天大笑冠纓索絕

父老何自来漢馮唐傳父老何自為郎後漢劉寵傳白會稽太守徵為

作大匠山陰縣有五六老叟尨眉皓髮齎百錢以送寵寵勞之曰父老何自苦

杖裊〻長紅洗盞拜馬前韓退之馬少監墓志拜北平王

請壽使君以白樂天初到江州詩相迎勞動使君公前

使君魚鼈[illegible]兒童左傳昭公元年劉子曰微禹吾其魚

[illegible]晉山簡守[illegible]兒童歌曰[illegible]何如[illegible]河

從[illegible]來[illegible]君[illegible]信[illegible]許[illegible]水東流入淮[illegible]

南行甓別逐徑見依然有餘清白[illegible]天[illegible]依然情

春雨[illegible]微波一本作春風一夜到彭

過我黃樓下朱欄照飛甍抒情詩權審著山院詩云霜淨碧瓦薄日度朱欄文選謝玄三山詩白日麗飛甍參差皆可見可憐

洪上石誰聽月中聲

前年過南京麥老櫻桃熟今來舊游處櫻

麥半黃綠歲月如宿昔左傳哀公四年吳將泝江入郢為一

昔之期杜子美送李校書詩衰病悲宿昔人事幾反覆青衫老

從事白居易詩江州司馬青衫濕杜子美魏將軍歌將軍昔著從事衫坐

慜生髀肉九州春秋劉備在荊州嘗於劉表坐起至廁見髀裏肉生流涕

平常身不離鞍髀肉皆消今不復騎髀肉生日月若馳老將至矣而功業不建

聯翩閱三守文選謝靈運詩金鑣相馳逐聯翩何窮已迎

轉轂漢黃霸傳數易長吏送故迎新之費[illegible]賈島詩[illegible]祿復祿[illegible]

[illegible]歸耕何時決漢夏侯勝傳不如歸耕田舍[illegible]

為之官乳嬰時認一金安箱云

云猶先時也漢東方朔傳鄧鑄之為土膏其人認一金分愧以為光近

逃戶逝將留簪紱毛詩逝將去汝樂天詩今朝脫簪

如覺憂患賣劍買牛具漢龔遂傳為渤海太守令民賣劍買牛賣

買須故山豈不懷毛詩豈不懷歸廢宅生蒿穭李太

白代春情詩幾日相別離門前生穭葵便恐桐鄉人長祠仲

卿墓漢朱邑傳字仲卿病且死屬其子曰我故為桐鄉吏其民愛我必葬我桐

鄉及死其子葬之桐鄉西民果為起冢立祠歲時祠祭

次韻曹九章見贈

蘧瑗知非我所師淮南子蘧伯玉行年五十而有四十九年非何者先者難為知而後者易為改也流年已似手中蓍周易大衍之數五十其用四十有九按世之明占者以蓍四十九揲之而成象正平

自從文舉後漢禰衡傳字正平唯善孔融及楊脩常曰大兒孔文舉小兒楊德祖餘子碌碌莫足數融愛其才上疏薦之融字文舉中散何

孝尼晉嵇康傳將刑東市索琴彈之曰昔袁孝尼嘗從吾學廣陵散

[illegible]固[illegible]陵散於今絕矣康之貢[illegible]

[illegible]同社人龔[illegible]黯[illegible]領[illegible]應辰

和詩毛詩倡其和之

書泗州孫景山西軒

[illegible]明孫塔青山繞病身知君向西望韓退西小詩為西望眼不愧塔中人泗州有僧伽塔塔中人蓋指僧

過淮三首贈景山兼寄子由

好在長淮水白樂天詩好在王員外十年三往來功

名眞已矣離騷已矣國無人莫我知兮漢蘇武傳李陵曰已矣令子卿知吾心耳歸計亦悠哉毛詩悠哉悠哉輾轉反側今日風憐
合平時浪作堆孟東野有所思詩寒江浪起千堆雪晚來洪
口九域志楚州淮陰縣洪澤鎮捍索響如雷
淮山漸好松檜亦蒼然藹藹藏孤寺泠
細泉鼓人眞吏隱杜子美高齋詩吏隱適[illegible]情[illegible]海南先
鄭[illegible]吏隱陂之[illegible][illegible]小[illegible]帶叢[illegible]偏切望臨淮[illegible]
[illegible]杉臨淮縣東[illegible]天柱

[illegible]之[illegible]菴生[illegible]圖[illegible]南[illegible]

[illegible]屏[illegible]亭[illegible]事時[illegible]汙庵[illegible]是[illegible]扇皀蘇此

佳境顧愷之每食甘蔗常自尾至本人或怪之云漸入佳境

[illegible]長慘神劉禹錫別浩初詩近郭有殊境獨游長鮮歡待君

[illegible]白首來寫浙西春歐陽文忠公詩話梅聖俞曰詩家必能狀難寫之景如在目前

舟中夜起

微風蕭蕭吹菰蒲開門看雨月滿湖舟人

水鳥兩同夢大魚驚竄如奔狐夜深人物不相管我獨形影相嬉娛三國志魏陳思王傳形影相弔五情赧暗潮生渚弔寒蚓落月挂柳看懸蛛子美東屯月夜月挂客愁村此生忽忽憂患裏韓退之集乎予未知為樂也清境過眼能須臾雞鳴鐘動馬散韓退之詩雞鳴鐘動不知[illegible]船頭擊鼓還相

金山五

[illegible]奇詩說

[illegible]
化……一……[illegible]山六豆晏
吳每僧每套[illegible]遊客奮……真成一夢過白樂天別
[illegible]舜往重非以夢高譚為況五年忙後漢雀駰傳歷出而
譚清風福與山阿曲毛詩卷阿有卷者阿飄風自南
民云大陵曰阿有大陵卷然曲廻風從長養之万来入之明月聊随
屋角方劉禹錫生公講堂詩一方明月可中庭韓退之喜侯喜至詩欵眠聽
新詩屋角月豔豔稽首願師憐久客宜將歸路指
茫茫韓退之游青龍寺詩桃源迷路竟茫茫

游惠山 并引

余昔為錢塘倅往来無錫未嘗不至惠山既去五年復為湖州與高郵秦太虛杭僧參寥同至覽唐處士王武陵竇羣朱宿所[illegible]愛其語清簡蕭然有出塵之姿追用[illegible]賦三首

竹忘

遊小蹊雨不濕人 孟浩然詩微雲澹河漢踈雨滴

蕭松徑滑 詩風雨蕭蕭 葉葉芒鞋新 白樂天秋

詩落葉策策 喜我二三子 論語二三子偃之言是也 皎然

無緇磷 論語不曰堅乎磨而不磷不曰白乎涅而不緇 勝游蓋殊

旨 白樂天經藍谿詩勝游從此始 清句仍絕塵 莊子徐無鬼篇天下

馬有成材超軼絕塵不知其所 弔古泣舊史 唐李華有弔古戰場文 史

記樂毅傳太史公曰蒯通主父偃讀樂毅
之報燕王書未嘗不廢書而泣也文選潘
安仁馬汧督誄微臣託毛詩
予舊史之末敢闕其文 疾讒歌小旻 小旻
大夫刺 哀哉扶風子難與巢許鄰 東坡云
幽王也 謂竇羣
竇羣傳兄弟皆擢進士第獨羣以處士
隱毗陵蘇州刺史韋夏卿薦之朝并表
報聞不召後夏卿入為京兆尹復言
宗擢為左拾遺從為御史中丞上言
臣事憲宗面要[illegible]得其情六怒[illegible]詩
第之解乃[illegible]下姓編實[illegible][illegible]
也[illegible] [illegible]算山表[illegible]

[illegible]
[illegible]于川子飢寺三百只盛[illegible]議[illegible]詩
月團片豈知山亭人白樂天詩我本山中人誤為時網舉
起山花發李太白詩東風吹山花安可不盡杯劉禹錫詩野彴度春
[illegible]山花映巖扉一甌誰與共門外無来轍漢陳平傳門外
多長者車轍

贈惠山僧惠表

行遍天涯意未闌白樂天詩春生何處暗周游海角天涯遍始

將心到處遣人安傳燈錄二祖謂達磨我心未安請師安心達磨曰將心來與汝安二祖曰覓心不可得達磨曰與汝安心竟

山中老

依然在案上楞嚴已不看欹枕落花餘

閉門新竹自千竿客來茶罷空無有

梅島帶驗史記司馬相如傳盧橘夏熟

昊十

力左傳僖公二十五□隨之見代工量力也軒于

漢季布傳楚人曰得黃金百不如得季布一諾當時一快意

記李斯傳快意當前適觀而已杜美醉為馬墜詩人生快意多所辱事過

有餘怍不知幾州鐵鑄此一大錯北夢瑣言□羅

紹威帥魏博疾牙軍之驕以計殺之至以十家雖去其偪工漸為梁祖凌制乃謂

文日聚六州四十三縣鐵鑄一箇錯不成我生涉憂患常恐長

罪惡靜觀殊可喜（楚辭九章獨立不遷豈不可喜）脚淺猶容却（漢劉向傳猶却行而求前也）而況錢夫子萬事不作相逢便何言無病亦無藥（傳燈錄道吾和尚一歌無可離無可着何處更求無病藥藥病病是藥到頭兩事須拈却亦無藥亦正是真□性）

叅太虛叅寥會于松江而別

二 介 舍

□此絶境□□世勝游難復又□同□□詩

從舟師不會留連意比□于晞□□□落應歸去魚□□

留擬看斜陽萬頃紅白樂天東南行波紅日銜沙没白月

華鋪

二子緣詩老更窮歐陽文忠公梅聖俞序世謂詩人少達而

第人間無處吐長虹工盡仝月蝕詩今夜吐龍如長虹李賀高軒

入門下馬氣如虹歐陽永叔詩一
靈臺挂明月萬丈辭所艷飛長虹
平生

睡足連江雨
杜牧之詩平生睡足處雲
澤南州又雨中作詩得洲茫

𫘧中更值
江雨

盡日舟橫擘岸風
韋應物滁州
西澗詩野渡

人舟自橫寇萊公春日樓野詩遠水無
渡孤舟盡日橫按此詩膾角人口往往

語
人笑來三黜慣
論語柳下惠
為士師三黜

天

一尊同
書石鼎傳謂詩曰是
熊蓋人孟東野

長如
駒

鷀

[illegible]喙[illegible]汀[illegible]

好赤脚[illegible]無來抹[illegible]屆[illegible]快
此長須致雙[illegible]

實録羅隱下第詩准應抱恨深於我
日涌帆百尺風拄笛偏贈友人赴[illegible]

許連天一水浸具
十幅帆飛二月風

・次韻秦太虛見戲耳聾

君不見詩人借車無可載孟郊移居詩借
車載家具家

於
留得一錢何足頼杜子美空囊詩囊
空恐着澁留得一

晚年更似杜陵翁右臂雖存耳先聵杜子[illegible]

清明詩此身漂泊苦[illegible]東右臂偏枯左耳聾人將蟻動作牛[illegible]

殷仲堪傳父患耳聰床下蟻動云牛鬭我覺風雷真一噫

子逍遙遊篇大[illegible]氣其名為風聞塵掃盡根性空圓覺[illegible]

[illegible]淨故耳根清淨故一身[illegible]淨不須更枕清流派[illegible]

[illegible]其[illegible]大朴初散失[illegible]子

[illegible]之德[illegible]

旨 歎具設材冊幽賦

先生仁恐此心終未了[illegible]身[illegible]階

瘦 傳燈錄壽州道樹禪師云伊 汝倆有窮吾不見不聞無盡 令君

我特佯聾 楚辭屈原九章 接輿佯聾而不聞 故作嘲詼官

怪須防額癢出三耳莫放筆端風雨快

君房脞說隋蓋惟為冥府追為右曹 仍辟常州秀才張審通為管記惟令

申天府須臾有黃衫人持狀去少頃領 天符云府中不當惟大怒審通曰君為

辭使我受讒呼之耳方寸肉塞其一遂無所聞審通乞一為判不允即甘耳遂再判之後有天符來云甚允當官審通曰非君不可正此獄命左右割一內令一小兒擎為耳安于額上曰塞君耳與君耳有可乎審通復活後數日覺癢湧出一耳尤聰時人笑曰天有九頭有三耳秀才亦無為難冠秀才也

李太白詩 [illegible]風雨

讀[illegible]千遍遊諸寺得禪字

[illegible]西窗 二[illegible]處 道[illegible]白[illegible]傳[illegible]

[illegible]尚王

作□□□□勤□□呼連□□行

見日　木□□蒼然向東□□

登最高塔　眺界窮大千　□覆□□千

峯照城郭　陸魯望詩□感下峯□
色好晚雲纔散便當
圖經張立之山城云下山極峻
秋爽月不見其頂杜子美詩碧瓦朱甍
城

震澤浮雲天　尚書震澤底定□□國
云吳縣南太湖名也吳
續圖經太湖在吳縣南禹貢謂之震
官爾雅謂之具區史記國語謂之五
實一也吐吸江海句絡丹陽義興吳郡
興之境其所容者大文選木玄虛海賦

天岸深沈既可喜後漢鄧禹傳深沈有大度唐長孫無忌傳贊言

曠蕩亦所便後漢馬融傳徒觀其洞[illegible]匈宇恢胎曠蕩杜子[illegible]詩

痾便遣幽尋未云畢杜子美宿贊公土室詩幽尋豈一路遠邑

諸墟落生晩煙歸來記所歷文選潘安仁悼亡詩

想耿耿清不眠毛詩耿耿不寐如有隱憂道人亦

[illegible]孤燈同夜禪文選謝惠連秋懷詩[illegible]燈憂幽慢伺[illegible]

[illegible]時[illegible]心

蓋
識公[illegible]海州行
[illegible]城見餘死公[illegible]
尸[illegible]廣作南[illegible]十[illegible]食
句云山雨蕭蕭過[illegible]也松
題元豐二年五月十三日吳
與鐵氏園作今集中乃指此
詞為送行甫而此詞第云放
州作誤也肩蹟宿皆刻石餘
姚縣冶行甫手寫華嚴經入
十一卷故詩云手[illegible]新寫法
界壯紹聖間為兵部郎官翁
提舉廣西江西常平上書題
論新法中其要害得罪停
書載國史學道欲輕舉自擇
三茅翁元祐間起知韶州公

行其詞云汝昔為使者親見
民病盡言而不諱阨窮而不
悔夫豈知有今日之報哉
又嘗有書從其問道云
和堂後石楠樹與君對林聽夜雨白樂天招
司業詩能来同宿否聽雨對床眠韋應
不二物詩那知風雨夜復此對牀眠
哀怨不逢人風俗通漢章帝時零陵
文學奚景於舜祠下得
[illegible]玉琯也乃知古以[illegible]見[illegible]
生後人易以竹耳
[illegible]天待詔入閣時垂[illegible]
吉官今老鴻尾附[illegible]
信[illegible]千[illegible][illegible]卷辭七

大

□詞惟生青霧於列来聚散古今昔秋子表貫一人

駿嚴尤崇蟄城郭空存鶴飛去續搜神記遼東

杜一日方鶴集其上曰有鳥有鳥丁去家千歲今始歸城郭如故人民非

□學仙纍纍我老人間萬事休柳子厚答吉安得詩耦耕若

遺身世黃髮看萬事休君亦洗心從佛祖周易聖人以此

心莊子山木篇願君刳形去洗心去欲而游於無人之地手香新□

界觀華嚴經法界觀清涼澄觀禪師述以明華嚴大品中法界大旨眼

不覷登伽女維摩經得法眼淨楞嚴經摩登伽女以婆毗迦羅先天呪攝阿入於婬室

餘姚古縣亦何有唐地里志越州餘姚武德四年析句章縣置

龍井白泉甘勝乳餘姚有龍泉寺□西王荊公嘗題詩云山腰石有千年□眼泉無一日乾天下蒼生待霖雨不□□向此中蟠杜子美太□眼詩香美勝牛乳

千金買斷顧渚□越人浲日注顧渚在湖州長興縣產茶劉禹錫西山試□□蒙山顧渚春白泥赤印走風塵出□公得□由味□□□八□西□□湍注□□□□洲

先生詩卷第十

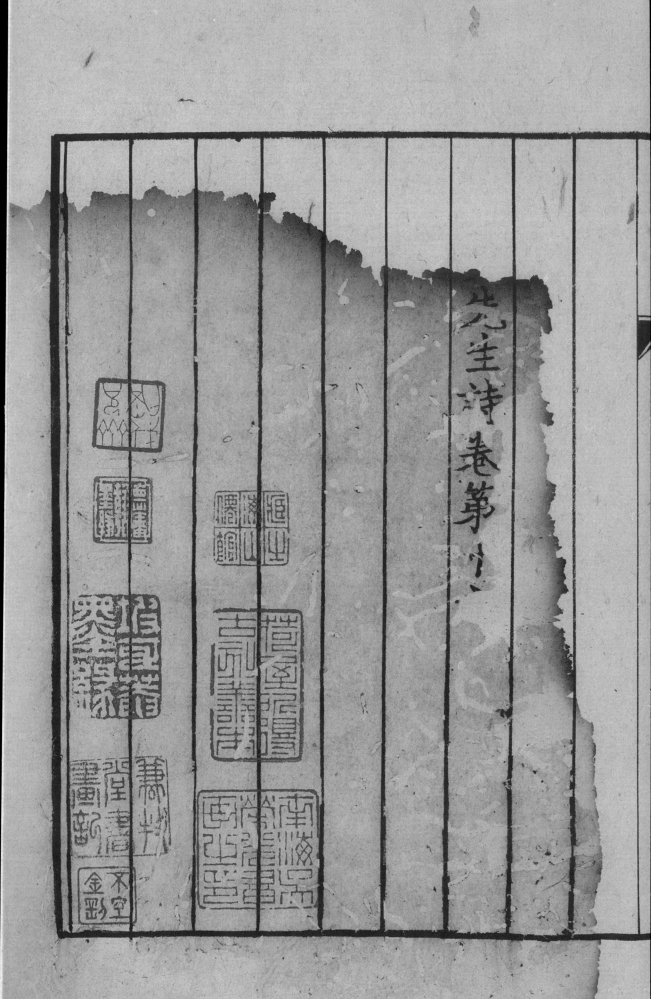

昔年於西充白堅家觀坡公竹石短卷後有米元章題詩明沐府舊裝是公真跡今流轉數年聞歸海外以未能與此古同藏為恨爰記於此冊之尾以示

九月十七日雨牕書